献给花的诗

艺文类聚 —— 编

浙江人民美术出版社

目录

牡丹

赏牡丹 唐 刘禹锡 ……001

红牡丹 唐 王维 ……003

牡丹 唐 李商隐 ……005

牡丹 唐 罗隐 ……007

惜牡丹花二首 唐 白居易 ……009

芍药

忆杨十二 唐 元稹 ……011

杜若

鹦鹉洲送王九之江左 唐 孟浩然 ……013

山姜

崔元受少府自贬所还,遗山姜花,以诗答之 唐 刘禹锡 ……015

郁金香

客中作 唐 李白 ……017

秋心三首(其一) 清 龚自珍 ……019

山兰

兰 清 郑板桥 ……021

菊花

醉花阴·黄花谩说年年好 宋 辛弃疾 ……023

不第后赋菊 唐 黄巢 ……025

霜 宋 欧阳修 ……027

石田花卉册·菊花 明 沈周 ……029

艾

问友 唐 白居易 ……031

蒿

骢马　唐 沈佺期 ...033

惠崇春江晚景二首（其一）　宋 苏轼 ...035

鹧鸪天·和吴子似山行韵　宋 辛弃疾 ...037

穆陵关北逢人归渔阳　唐 刘长卿 ...039

雁来红

雁来红　宋 杨万里 ...041

鸡冠花

鸡冠花　宋 张埴 ...043

鸡冠花　唐 罗邺 ...045

续断

药名一绝　宋 洪皓 ...047

苎麻

蚕妇　唐 杜荀鹤 ...049

洛阳道　唐 郑遨 ...051

水蕉

水芭蕉　宋 曾几 ...053

爱闲　宋 陆游 ...055

萱草

和子由记园中草木十一首（其四）　宋 苏轼 ...057

赋园中所有十首（其一）（节选）　宋 苏辙 ...059

迎春花

玩迎春花赠杨郎中　唐 白居易 ...061

剪春罗

剪春罗　宋 翁元广 ...063

连翘

草药吟·赠姊药师　武陵春 ...065

关雎（节选）　武陵春 ...067

玉绣球

玉绣球花　宋 顾逢 ...069

玉绣球花　宋 黄庚 ...071

瞿麦 道桐庐有诗示成季 宋 林光朝 073

荭草 水葓 宋 文同 075

罂粟 鸳鸯湖棹歌之四十一 清 朱彝尊 077
罂粟 明 王夫之 079
咏罂粟子 唐 李贞白 081

丽春花 丽春花 宋 潘柽 083
丽春 唐 杜甫 085

韭菜花 赠卫八处士 唐 杜甫 087

茼蒿 买陂塘五首（其一） 清 屈大均 089

苜蓿 书怀四首（其四） 宋 陆游 091

赤苋 秋近 宋 陆游 093

仙人谷 谢人惠天花 宋 周端臣 095

白苣 种菜四首（其三） 宋 陆游 097

莴苣 新蔬 宋 陆游 099

蒲公英 成都书事百韵诗（节选） 宋 薛田 101

野木瓜 诗经·卫风·木瓜 103

青藤 赠著上人 唐 唐求 105

白英 钱塘赋水母（节选） 宋 沈与求 107

紫葛 泛溢水（节选） 唐 白居易 109

鸢尾 夜梦与罗子和论药名诗 宋 朱翌 111

蝴蝶花
玉胡蝶花 宋 李觏 ... 113

紫荆
与李献臣宋子京春集东园得节字 宋 欧阳修 ... 115

凤仙花
凤仙花 唐 吴仁璧 ... 117

曼陀罗花
曼陀罗花 宋 陈与义 ... 119

杜鹃花
宣城见杜鹃花 唐 李白 ... 121

杜鹃花 宋 周文璞 ... 123

茴香
和柳子玉官舍十首之茴香 宋 黄庭坚 ... 125

黄精
题卢道士房 唐 顾况 ... 127

牵牛花
篱上牵牛花 宋 梅尧臣 ... 129

牵牛花 宋 秦观 ... 131

蔷薇
南歌子·笑怕蔷薇罥 宋 苏轼 ... 133

春日五首（其二） 宋 秦观 ... 135

蔷薇花 唐 杜牧 ... 137

清平乐·春归何处 宋 黄庭坚 ... 139

仙茅 宋 许及之 ... 139

胡麻
闲居多暇追叙旧游成一百十韵（节选） 宋 释文珦 ... 140

燕麦
湘中寓居春日感怀 唐 齐己 ... 143

苦荞麦
题卢处士山居 唐 温庭筠 ... 145

147

土芋
　用过韵冬至与诸生饮酒（节选） 宋 苏轼 ……149

百合
　山居 宋 王之望 ……151
　窗前作小土山蓺兰及玉簪最后得香百合并种之戏作 宋 陆游 ……152

菖蒲
　送杨山人归嵩山 唐 李白 ……155

香蒲
　青玉案 宋 曾觌 ……157

睡莲
　莲花 唐 温庭筠 ……159

白莲
　和袭美木兰后池三咏·白莲 唐 陆龟蒙 ……161

橄榄
　玉汝遗橄榄 宋 梅尧臣 ……163

花椒
　花椒 宋 刘子翚 ……165

　拟吴侬曲三首（其三） 明 于谦 ……167

胡椒
　杂咏一百首·元载 宋 刘克庄 ……169

山茱萸
　山茱萸 唐 王维 ……171

酸角
　题师曾画石帚词册子解连环·和清真韵 清 姚华 ……173

茶
　一字至七字诗·茶 唐 元稹 ……175
　摘茶八首（其一） 明 释函是 ……176

枸杞
　小圃玉咏枸杞 宋 苏轼 ……179

冬青
　晚泊东流 宋 王质 ……181
　冬青行二首（其二） 宋 唐珏 ……183

石楠
- 早蝉　唐 白居易 … 185

扶桑花
- 双寿为叶主政赋　明 黄衷 … 187
- 桂林即事　清 刘大观 … 189
- 送药者陈国器　宋 杨万里 … 191

木芙蓉
- 婆罗门引·暮霞照水　宋 赵昂 … 193
- 木芙蓉　唐 韩愈 … 195

木槿花
- 避暑纳凉　唐 钱起 … 196
- 洞口人家　元 郭钰 … 199
- 静观　明 周用 … 201

蔓荆
- 丁未岁病起入都有怀里中诸友作药名诗贻之　明 王立道 … 203

牡荆
- 独鹤亭　清 杜岕 … 205
- 侠客吴歌立秋日海上作　宋 谢翱 … 207

醉芙蓉
- 忆江南词三首　唐 白居易 … 209
- 对酒　唐 李白 … 211

山茶花
- 山茶花　唐 贯休 … 213
- 山茶花　宋 曾巩 … 215

/001 献给花的诗·The Poems for Flowers

牡丹

赏牡丹

唐 刘禹锡

庭前芍药妖无格,
池上芙蕖净少情。
唯有牡丹真国色,
花开时节动京城。

红牡丹

唐　王维

绿艳闲且静,
红衣浅复深。
花心愁欲断,
春色岂知心。

牡丹

唐 李商隐

锦帏初卷卫夫人,
绣被犹堆越鄂君。
垂手乱翻雕玉佩,
折腰争舞郁金裙。
石家蜡烛何曾剪,
荀令香炉可待熏。
我是梦中传彩笔,
欲书花叶寄朝云。

牡丹

唐 罗隐

艳多烟重欲开难,
红蕊当心一抹檀。
公子醉归灯下见,
美人朝插镜中看。
当庭始觉春风贵,
带雨方知国色寒。
日晚更将何所似,
太真无力凭阑干。

惜牡丹花二首

唐 白居易

翰林院北厅花下作。
惆怅阶前红牡丹,晚来唯有两枝残。
明朝风起应吹尽,夜惜衰红把火看。

新昌窦给事宅南亭花下作。
寂寞萎红低向雨,离披破艳散随风。
晴明落地犹惆怅,何况飘零泥土中。

芍药

忆杨十二

唐 元稹

去时芍药才堪赠,
看却残花已度春。
只为情深偏怆别,
等闲相见莫相亲。

献给花的诗 · The Poems for Flowers

杜若

鹦鹉洲送王九之江左

唐 孟浩然

昔登江上黄鹤楼,遥爱江中鹦鹉洲。
洲势逶迤绕碧流,鸳鸯鸂鶒满滩头。
滩头日落沙碛长,金沙熠熠动飙光。
舟人牵锦缆,浣女结罗裳。
月明全见芦花白,风起遥闻杜若香,君行采采莫相忘。

山姜

崔元受少府自贬所还,遗山姜花,以诗答之

唐 刘禹锡

故人博罗尉,遗我山姜花。
采从碧海上,来自谪仙家。
云涛润孤根,阴火照晨葩。
静摇扶桑日,艳对瀛洲霞。
世人爱芳辛,搴撷忘幽遐。
传名入帝里,飞驿辞天涯。
王济本尚味,石崇方斗奢。
雕盘多不识,绮席乃增华。
驿马损筋骨,贵人滋齿牙。
顾予蓺藿士,持此重咨嗟。

郁金香

秋心三首(其一)

清 龚自珍

秋心如海复如潮,但有秋魂不可招。
漠漠郁金香在臂,亭亭古玉佩当腰。
气寒西北何人剑,声满东南几处箫。
斗大明星烂无数,长天一月坠林梢。

献给花的诗 · The Poems for Flowers

客中作

唐 李白

兰陵美酒郁金香,
玉碗盛来琥珀光。
但使主人能醉客,
不知何处是他乡。

献给花的诗 · The Poems for Flowers

山兰

兰

清 郑板桥

此是幽贞一种花,
不求闻达只烟霞。
采樵或恐通来径,
更写高山一片遮。

菊花

醉花阴·黄花漫说年年好

宋 辛弃疾

黄花漫说年年好，也趁秋光老。
绿鬓不惊秋，若斗尊前，人好花堪笑。
蟠桃结子知多少，家住三山岛。
何日跨归鸾，沧海飞尘，人世因缘了。

不第后赋菊

唐 黄巢

待到秋来九月八,
我花开后百花杀。
冲天香阵透长安,
满城尽带黄金甲。

霜

宋 欧阳修

一夜新霜着瓦轻,
芭蕉心折败荷倾。
奈寒惟有东篱菊,
金蕊繁开晓更清。

石田花卉册·菊花

明 沈周

秋满篱根始见花,
却从冷淡遇繁华。
西风门径寒香在,
除却陶家到我家。

献给花的诗 · The Poems for Flowers

艾

问友

唐 白居易

种兰不种艾,兰生艾亦生。
根荄相交长,茎叶相附荣。
香茎与臭叶,日夜俱长大。
锄艾恐伤兰,溉兰恐滋艾。
兰亦未能溉,艾亦未能除。
沉吟意不决,问君合何如。

骢马

唐 沈佺期

西北五花骢,
来时道向东。
四蹄碧玉片,
双眼黄金瞳。
鞍上留明月,
嘶间动朔风。
借君驰沛艾,
一战取云中。

献给花的诗 · The Poems for Flowers

蒿

惠崇春江晚景二首(其一)

宋 苏轼

竹外桃花三两枝,
春江水暖鸭先知。
蒌蒿满地芦芽短,
正是河豚欲上时。

献给花的诗·The Poems for Flowers

鹧鸪天·和吴子似山行韵

宋 辛弃疾

谁共春光管日华。
朱朱粉粉野蒿花。
闲愁投老无多子,
酒病而今较减些。
山远近,路横斜。
正无聊处管弦哗。
去年醉处犹能记,
细数溪边第几家。

穆陵关北逢人归渔阳

唐 刘长卿

逢君穆陵路,
匹马向桑乾。
楚国苍山古,
幽州白日寒。
城池百战后,
耆旧几家残。
处处蓬蒿遍,
归人掩泪看。

雁来红

雁来红

宋 杨万里

开了原无雁,看来不是花。
若为黄更紫?乃借叶为葩。
藜苋真何择,鸡冠却较差。
未应樨菊辈,赤脚也容他。

献给花的诗 · The Poems for Flowers

鸡冠花

鸡冠花

宋 张镃

墙东鸡冠树,
倾艳为高红。
旁出数十枝,
犹欲助其雄。
赪容夺朝日,
桀气矜晚风。
俨如斗胜归,
欢昂出筠笼。

鸡冠花

唐 罗邺

一枝秾艳对秋光,
露滴风摇倚砌傍。
晓景乍看何处似,
谢家新染紫罗裳。

续断

药名一绝

宋 洪皓

独活他乡已九秋,
刚肠续断更淹留。
宁知老母相思子,
没药医治白尽头。

苎麻

蚕妇

唐 杜荀鹤

粉色全无饥色加，
岂知人世有荣华。
年年道我蚕辛苦，
底事浑身着苎麻。

洛阳道

唐 郑遨

客亭门外路东西,
多少喧腾事不齐。
杨柳惹鞭公子醉,
苎麻掩泪鲁人迷。
通宵尘土飞山月,
是处经营夹御堤。
顷刻知音几存殁,
半回依约认轮蹄。

水蕉

水芭蕉

宋 曾几

寒泉中有小峥嵘,
种得芭蕉积渐成。
一叶似抽人不见,
坐窗头白眼犹明。

爱闲

宋 陆游

爱闲惟与病相宜,壮岁怀归老可知。
睡熟素书横竹架,吟余犀管阁铜螭。
水芭蕉润心抽叶,盆石榴残子压枝。
堪笑放翁头白尽,坐消长日事儿嬉。

献给花的诗·The Poems for Flowers

萱草

和子由记园中草木十一首(其四)
宋 苏轼

萱草虽微花,孤秀自能拔。
亭亭乱叶中,一一劳心插。
牵牛独何畏?诘曲自芽蘖。
走寻荆与榛,如有夙昔约。
南斋读书处,乱翠晓如泼。
偏工贮秋雨,岁岁坏篱落。

献给花的诗·The Poems for Flowers

赋园中所有十首(其一)(节选)

宋 苏辙

萱草朝始开,呀然黄鹄嘴。
仰吸日出光,口中烂如绮。
纤纤吐须鬣,冉冉随风哆。
朝阳未上轩,粲粲幽闲女。

迎春花

玩迎春花赠杨郎中
唐 白居易

金英翠萼带春寒,
黄色花中有几般?
凭君与向游人道,
莫作蔓菁花眼看。

献给花的诗 · The Poems for Flowers

剪春罗

剪春罗

宋 翁元广

谁把风刀碎薄罗?
极知造化着工多。
飘零易逐春光老,
公子樽前奈若何?

献给花的诗·The Poems for Flowers

连翘

草药吟·赠姊药师

武陵春

饴白杏果甘黄连,白饭药如霜。
轻插茱萸杯雄黄,幽萱艾草芳。
紫苏含冰红花好,九节菖蒲长,
采脂连翘欲断肠,夏草戏冬虫藏。

关雎（节选）

武陵春

千步连翘不染尘，
降香懒画蛾眉春。
虔心只把灵仙祝，
医回游荡远志人。

玉绣球

玉绣球花

宋 顾逢

正是红稀绿暗时,
花如圆玉莹无疵。
何人团雪高抛去,
冻在枝头春不知。

玉绣球花

宋 黄庚

花神巧学传宫样,
不属针工属化工。
疑是琼瑶初琢就,
一团香雪滚春风。

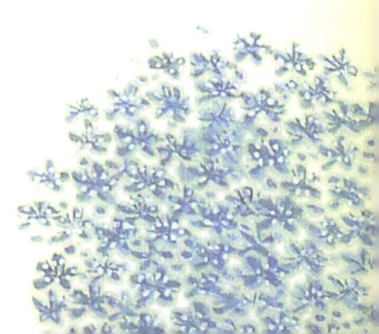

瞿麦

道桐庐有诗示成季

宋 林光朝

此是滩头处士家,
我从何日离天涯。
木棉高长云成絮,
瞿麦平铺雪作花。

荭草

水荭

宋 文同

红芳宵露清,
翠节晓霜犯。
雨后晒残日,
秋容满庭槛。

献给花的诗·The Poems for Flowers

罂粟

鸳鸯湖棹歌之四十一

清 朱彝尊

秋灯无焰剪刀停,
冷露浓浓桂树青。
怕解罗衣种罂粟,
月明如水浸中庭。

罂粟

明 王夫之

娇小垂头立,
丰盈出面来。
花王休相妒,
侬不向春开。

献给花的诗·The Poems for Flowers

咏罂粟子

唐 李贞白

倒排双陆子,
希插碧牙筹。
既似牺牛乳,
又如铃马兜。
鼓搥并瀑箭,
直是有来由。

丽春花

丽春花

宋 潘柽

梁苑花销去,黄台早自薰。
不同莺子粟,别是石榴裙。
婀娜才胜掌,参差莫梦云。
王郎寻水竹,驻履几殷勤。

献给花的诗·The Poems for Flowers

丽春

唐 杜甫

百草竞春华,
丽春应最胜。
少须好颜色,
多漫枝条剩。
纷纷桃李枝,
处处总能移。
如何贵此重,
却怕有人知。

献给花的诗·The Poems for Flowers

韭菜花

赠卫八处士

唐 杜甫

人生不相见,动如参与商。
今夕复何夕,共此灯烛光。
少壮能几时,鬓发各已苍。
访旧半为鬼,惊呼热中肠。
焉知二十载,重上君子堂。
昔别君未婚,儿女忽成行。
怡然敬父执,问我来何方。
问答乃未已,儿女罗酒浆。
夜雨翦春韭,新炊间黄粱。
主称会面难,一举累十觞。
十觞亦不醉,感子故意长。
明日隔山岳,世事两茫茫。

茼蒿

买陂塘五首(其一)

清 屈大均

买陂塘,半栽芹菜,一冬香满茎叶。
浮田更种南园蕹,青与翠萍相接。
教弄楫。须小摘,田田未碍荷钱叠。
凫鸥乱喋,怕罟子抛来,
裙儿渐去,摇动一天月。
吴淞上,闻道莼丝最滑,曾同吴女春掇。
鲈鱼岂似吾乡好,风味水芹还绝。
根似雪。菹一半,甘馨更与茼蒿发。
金齑细切。作素馔伊蒲,
清斋树下,日夕抱禅悦。

苜蓿

书怀四首(其四)

宋 陆游

苜蓿堆盘莫笑贫,
家园瓜瓠渐轮囷。
但令烂熟如蒸鸭,
不着盐醯也自珍。

赤苋

秋近

宋 陆游

石榴萱草并成空,
又见墙阴苋叶红。
茶酽颇妨千里梦,
簟凉初怯五更风。
新瓜落刃冰盘里,
晚燕添巢画阁中。
身健流年俱可乐,
故人自欠一尊同。

仙人谷

谢人惠天花

宋 周端臣

花从天上落人间,
北客来稀路阻难。
胜味忽惊藜苋腹,
春风肠断五台山。

献给花的诗 · The Poems for Flowers

白苣

种菜四首(其三)

宋 陆游

白苣黄瓜上市稀,
盘中顿觉有光辉。
时清闾里俱安业,
殊胜周人咏采薇。

莴苣

新蔬

宋 陆游

黄瓜翠苣最相宜,
上市登盘四月时。
莫拟将军春荠句,
两京名价有谁知?

蒲公英

成都书事百韵诗（节选）

宋 薛田

几番萋箐鸣虚籁，
是个园林噪懒蝉。
蠢动乘时先养育，
菁英届候别陶甄。
地丁叶嫩和岚采，
天蓼芽新入粉煎。
平代启闱闻继笈，
监军凭轼见刘焉。

野木瓜

诗经·卫风·木瓜

投我以木瓜,报之以琼琚。
匪报也,永以为好也!
投我以木桃,报之以琼瑶。
匪报也,永以为好也!
投我以木李,报之以琼玖。
匪报也,永以为好也!

青藤

赠苾上人

<small>唐 唐求</small>

掩门江上住,尽日更无为。
古木坐禅处,残星鸣磬时。
水浇冰滴滴,珠数落累累。
自有闲行伴,青藤杖一枝。

白英

钱塘赋水母（节选）

宋 沈与求

花蔤仃伫粲白英，
不殊冰盘堆水晶。
稻醯菹寒芼香橙，
入齿已复能解酲。
遣渔止矣勿复评，
嗟哉此性愚不更。
定矜故态招三彭，
且摩枵腹甘藜羹。

紫葛

泛溢水（节选）
唐 白居易

青萝与紫葛，枝蔓垂相樛。
系缆步平岸，回头望江州。
城雉映水见，隐隐如蜃楼。
日入意未尽，将归复少留。
到官行半岁，今日方一游。
此地来何暮？可以写吾忧。

鸢尾

夜梦与罗子和论药名诗

宋 朱翌

钻破故纸我拙计,该贯众史子得意。
签排百部象齿悬,陟厘万张蝇头字。
分甘遂如百两金,作苦耽成五车记。
地锦天花出妙机,琼田水英生爽气。
诗成欲度甫白前,冠弹请继王阳起。
天门冬夏鸢尾翔,香芸台阁龙骨蜕。
任真朱子老无用,得时罗君政如此。
今宵月白及风清,想君不作呼卢会。
泉石膏肓肯过予,饮量定能加五倍。

蝴蝶花

玉胡蝶花

宋 李觏

胡蝶生来只爱花,
春工描样作奇葩。
庄周有梦何曾觉,
冰雪肌肤落几家。

紫萼

与李献臣宋子京春集东园得节字
宋 欧阳修

绿野秀可餐,游骖喜初结。
芸局苦寂寥,禁署隔清切。
欢言得幽寻,况此及嘉节。
鸟哢已关关,泉流初决决。
紫萼繁若缀,翠苔柔可撷。
屡期无后时,芳物畏蔑鴂。

凤仙花

凤仙花

唐 吴仁璧

香红嫩绿正开时,
冷蝶饥蜂两不知。
此际最宜何处看,
朝阳初上碧梧枝。

曼陀罗花

曼陀罗花

宋 陈与义

我圃殊不俗,
翠蕤敷玉房。
秋风不敢吹,
谓是天上香。
烟迷金钱梦,
露醉木蕖妆。
同时不同调,
晓月照低昂。

献给花的诗 · The Poems for Flowers

杜鹃花

宣城见杜鹃花

唐 李白

蜀国曾闻子规鸟,
宣城还见杜鹃花。
一叫一回肠一断,
三春三月忆三巴。

献给花的诗·The Poems for Flowers

杜鹃花

宋　周文璞

云树重重和泪吟,
故宫遗庙有知音。
秦吴万里皆芳草,
染到山花恨最深。

茴香

和柳子玉官舍十首之茴香

宋 黄庭坚

邻家争插红紫归,
诗人独行嗅芳草。
丛边幽蕙更不凡,
蝴蝶纷纷逐花老。

黄精

题卢道士房

唐 顾况

秋砧响落木,共坐茅君家。
唯见两童子,门外汲井花。
空坛静白日,神鼎飞丹砂。
麈尾拂霜草,金铃摇雾霞。
上章尘世隔,看弈桐阴斜。
稽首问仙要,黄精堪饵花。

牵牛花

篱上牵牛花

宋 梅尧臣

楚女雾露中,篱上摘牵牛。
花蔓相连延,星宿光未收。
采之一何早,日出颜色休。
持置梅窗间,染姜奉盘羞。
烂如珊瑚枝,恼翁牙齿柔。
齿柔不能食,梁肉坐为仇。

牵牛花

宋 秦观

银汉初移漏欲残,
步虚人倚玉阑干。
仙衣染得天边碧,
乞与人间向晓看。

蔷薇

南歌子·笑怕蔷薇罥

宋 苏轼

笑怕蔷薇罥,行忧宝瑟僵。
美人依约在西厢,
只恐暗中迷路、认余香。
午夜风翻幔,三更月到床。
簟纹如水玉肌凉。
何物与侬归去、有残妆。

春日五首（其二）

宋 秦观

一夕轻雷落万丝，
霁光浮瓦碧参差。
有情芍药含春泪，
无力蔷薇卧晓枝。

献给花的诗 · The Poems for Flowers

蔷薇花

唐 杜牧

朵朵精神叶叶柔,
雨晴香拂醉人头。
石家锦幛依然在,
闲倚狂风夜不收。

清平乐·春归何处

宋 黄庭坚

春归何处?寂寞无行路。
若有人知春去处,唤取归来同住。
春无踪迹谁知?除非问取黄鹂。
百啭无人能解,因风飞过蔷薇。

仙茅

宋 许及之

旌阳仙去后,
服饵有仙茅。
绝笑拖肠鼠,
餐余不系庖。

独脚仙

献给花的诗·The Poems for Flowers

胡麻

闲居多暇追叙旧游成一百十韵(节选)

宋 释文珦

杖为看山拄,裳因涉涧褰。
只堪朋鹿豕,庶免惧鹰鹯。
门小无三径,居幽止数椽。
调琴新得谱,坐客旧无毡。
旨蓄常留瓮,胡麻或满箟。
但令山在目,肯顾雪盈颠。
野饭忘精凿,山肴略豆笾。
未尝嫌菲薄,自足养衰孱。

燕麦

湘中寓居春日感怀

唐 齐己

江禽野兽两堪伤,
避射惊弹各自忙。
头角任多无猎豸,
羽毛虽众让鸳鸯。
落苔红小樱桃熟,
侵井青纤燕麦长。
吟把离骚忆前事,
汨罗春浪撼残阳。

苦荞麦

题卢处士山居

<small>唐 温庭筠</small>

西溪问樵客,
遥识楚人家。
古树老连石,
急泉清露沙。
千峰随雨暗,
一径入云斜。
日暮飞鸦集,
满山荞麦花。

献给花的诗·The Poems for Flowers

土芋

用过韵冬至与诸生饮酒（节选）

宋 苏轼

得谷鹅初饱，亡猫鼠益丰。
黄姜收土芋，苍耳斫霜丛。
儿瘦缘储药，奴肥为种松。
频频非窃食，数数尚乘风。
河伯方夸若，灵娲自舞冯。
归途陷泥淖，炬火燎茅蓬。

山居

宋 王之望

山居入长夏，草树绕我屋。
微风披拂之，有声来肃肃。
葳蕤摇散影，掩冉飘暗馥。
百合开数花，孤芳更清淑。
我卧北窗下，午枕睡方足。
挹此一襟凉，泠然若堪掬。
坐使万虑空，乐哉谢羁束。
有同颜氏子，坐忘遗耳目。
又如慧可师，安心得归宿。
落日行庭前，披衣自扪腹。
闲扶旧僵石，细数新上竹。
小禽时下来，相鸣入丛簇。
见我不惊飞，人禽两幽独。

窗前作小土山艺兰及玉簪最后得香百合并种之戏作

宋 陆游

方兰移取遍中林,
余地何妨种玉簪。
更乞两丛香百合,
老翁七十尚童心。

献给花的诗·The Poems for Flowers

菖蒲

送杨山人归嵩山

唐 李白

我有万古宅,
嵩阳玉女峰。
长留一片月,
挂在东溪松。
尔去掇仙草,
菖蒲花紫茸。
岁晚或相访,
青天骑白龙。

香蒲

青玉案

宋 曾觌

蒲葵佳节初经雨。
正栏槛、薰风度。
满泛香蒲斟酴醾。
故人情厚,艳歌娇舞。
总是留宾处。
榴花照眼江天暮。
醉里春情荡轻絮。
岂止卷帘通一顾。
今宵酒醒,一襟风露。
梦指高唐去。

睡莲

莲花

唐 温庭筠

绿塘摇滟接星津,
轧轧兰桡入白蘋。
应为洛神波上袜,
至今莲蕊有香尘。

白莲

和袭美木兰后池三咏·白莲

唐 陆龟蒙

素花多蒙别艳欺,
此花真合在瑶池。
还应有恨无人觉,
月晓风清欲堕时。

橄榄

玉汝遗橄榄

宋 梅尧臣

南国青青果,
涉冬知始摘。
虽咀涩难任,
竟当甘莫敌。
来从万里外,
或以苦口掷。
所投同木瓜,
欲报无琼璧。

花椒

花椒

宋 刘子翚

欣忻笑口向西风,
喷出元珠颗颗同。
采处倒含秋露白,
晒时娇映夕阳红。
调浆美著骚经上,
涂壁香凝汉殿中。
鼎铰也应知此味,
莫教姜桂独成功。

拟吴侬曲三首(其三)

明 于谦

忆郎忆得骨如柴,
夜夜望郎郎不来。
乍吃黄连心自苦,
花椒麻住口难开。

胡椒

杂咏一百首·元载
宋 刘克庄

三千两钟乳,
八百斛胡椒。
不悟口中袜,
犹贪掌上腰。

山茱萸

山茱萸

唐 王维

朱实山下开,
清香寒更发。
幸与丛桂花,
窗前向秋月。

酸角

题师曾画石帚词册子解连环·和清真韵

清 姚华

素毫曾托,想冥情弄笔,古思绵邈。
问画里、何许江南?尽烟送暝寒,黛舒春薄。
石帚重来,画能语、慰人离索。
等残山剩水,甚处买园,理料花药。

予怀喻君未若,又波鲸舍鹏,清征酸角。
漫说、词客凄凉,只天水无情,梦也荒却。
怨墨相思,怎寄语、灯前红萼。
正春来、忆人念往,泪痕暗落。

茶

一字至七字诗·茶

唐 元稹

茶。
香叶，嫩芽。
慕诗客，爱僧家。
碾雕白玉，罗织红纱。
铫煎黄蕊色，碗转曲尘花。
夜后邀陪明月，晨前独对朝霞。
洗尽古今人不倦，将知醉后岂堪夸。

摘茶八首(其一)

明 释函是

南方有嘉木,
穿地一二尺。
其树如瓜芦,
孤根终不易。
尝产丹丘山,
服之生羽翮。
海蠃烂石中,
春至颇堪摘。
虽非穆陀种,
可以愈瘦癖。
一饮营卫舒,
再饮寤终夕。
三饮通神明,
清风起两腋。
采采勿伤株,
伤株枝叶竭。

枸杞

小圃五咏枸杞

宋 苏轼

神药不自闷,罗生满山泽。
日有牛羊忧,岁有野火厄。
越俗不好事,过眼等茨棘。
青荑春自长,绛珠烂莫摘。
短篱护新植,紫笋生卧节。
根茎与花实,收拾无弃物。
大将玄吾鬓,小则饷我客。
似闻朱明洞,中有千岁质。
灵庞或夜吠,可见不可索。
仙人倘许我,借杖扶衰疾。

冬青

晚泊东流

宋 王质

山高树多日出迟,
食时雾露且雾霏。
马蹄已踏两邮舍,
人家渐开双竹扉。
冬青匝路野蜂乱,
荞麦满园山鹊飞。
明朝大江送吾去,
万里天风吹客衣。

冬青行二首（其二）

宋 唐珏

冬青花，不可折，南风吹凉积香雪。
遥遥翠盖万年枝，上有凤巢下龙穴。
君不见犬之年羊之月，霹雳一声天地裂。

石楠

早蝉

<small>唐 白居易</small>

六月初七日,江头蝉始鸣。
石楠深叶里,薄暮两三声。
一催衰鬓色,再动故园情。
西风殊未起,秋思先秋生。
忆昔在东掖,宫槐花下听。
今朝无限思,云树绕滏城。

献给花的诗 · The Poems for Flowers

扶桑花

双寿为叶主政赋

明 黄衷

春满扶桑花满楼,
神仙家在甬东头。
如宾相对两鹤发,
济世曾烦几麦舟。
锦轴联函天语近,
彩衣当席日光浮。
不妨山水陪强健,
岁岁长酣泛菊秋。

桂林即事

清 刘大观

白云长护孔明台,
台上扶桑花自开。
一夕东风天骤暖,
梧州已送荔支来。

送药者陈国器

宋 杨万里

窦宪一举空朔野,曹霸一笔空凡马。
吾乡药者有陈生,一丸洗空万药者。
庸医皆笑道旁莎,陈生拈出便是玉山禾。
庸医皆笑涧下水,陈生酌来便是上池底。
也只不离神农书,书外别得一亡珠。
也只不出岐伯论,论外别得舌一寸。
旧遭痔疾恼杀侬,新遭淋疾与合纵。
恰如住在圃田国,晋楚腹背来夹攻。
陈生赠我玉菌子,乃是华阳洞中乖龙耳。
陈生赠我绀叶纱,乃是金鸦脚底扶桑花。
汲泉亲手煮蟹眼,一浣枯肠如浣沙。
平生旧疾蝉壳退,秋风吹落青天外。
更传枕中鸿宝方,戒勿浪传泄天藏。
君不见回岩仙客逢贫子,指石成金吾济尔。
贫子再拜不要金,只觅指头吾自指。

木芙蓉

婆罗门引·暮霞照水

宋 赵昂

暮霞照水,水边无数木芙蓉。
晓来露湿轻红。
十里锦丝步障,日转影重重。
向楚天空迥,人立西风。
夕阳道中。叹秋色、与愁浓。
寂寞三千粉黛,临鉴妆慵。
施朱太赤,空惆怅、教姹若为容。
花易老、烟水无穷。

木芙蓉

唐 韩愈

新开寒露丛,远比水间红。
艳色宁相妒,嘉名偶自同。
采江官渡晚,搴木古祠空。
愿得勤来看,无令便逐风。

木槿花

避暑纳凉

唐 钱起

木槿花开畏日长,
时摇轻扇倚绳床。
初晴草蔓缘新笋,
频雨苔衣染旧墙。
十旬河朔应虚醉,
八柱天台好纳凉。
无事始然知静胜,
深垂纱帐咏沧浪。

洞口人家

元 郭钰

松树回环四五家,
机梭长日响咿哑。
西风裹得胭脂色,
偏与篱东木槿花。

静观

明 周用

地偏心更远,
卧起了无哗。
养拙从吾道,
流年感物华。
读书余左氏,
看竹但西家。
数点朝来雨,
新开木槿花。

献给花的诗·The Poems for Flowers

蔓荆

丁未岁病起入都有怀里中诸友作药名诗贻之

明 王立道

微尚甘草莱,桂枝自淹留。
爱附子年情,谬寄生人忧。
半夏涉长道,天门足荫休。
迢迢望南星,远志成倦游。
藤萝蔓荆扉,杞菊荒深秋。
防已挂尘网,遄当归旧丘。

独鹤亭

清 杜芥

嵯峨华峤孤,一径下云甸。
荒草蔓荆榛,五岳谁能辨。
有鸟从东来,大翮异乡县。
武功虽尺五,仰视目不眩。
圆吭裂层霄,丹顶甚平善。
应惜青城游,见困如句践。

牡荆

侠客吴歌立秋日海上作

宋 谢翱

潮动秋风吹牡荆，
离歌入夜斗西倾。
欻飞庙下蛇含草，
青拭吴钩入匣鸣。

醉芙蓉

忆江南词三首

唐 白居易

江南好，风景旧曾谙。
日出江花红胜火，春来江水绿如蓝。
能不忆江南？

江南忆，最忆是杭州。
山寺月中寻桂子，郡亭枕上看潮头。
何日更重游？

江南忆，其次忆吴宫。
吴酒一杯春竹叶，吴娃双舞醉芙蓉。
早晚复相逢？

对酒

唐 李白

蒲萄酒,金叵罗,
吴姬十五细马驮。
青黛画眉红锦靴,
道字不正娇唱歌。
玳瑁筵中怀里醉,
芙蓉帐底奈君何!

山茶花

山茶花

唐 贯休

风裁日染开仙囿，
百花色死猩血谬。
今朝一朵堕阶前，
应有看人怨孙秀。

献给花的诗 · The Poems for Flowers

山茶花

宋 曾巩

山茶花开春未归,
春归正值花盛时。
苍然老树昔谁种?
照耀万朵红相围。
蜂藏鸟伏不得见,
东风用力先嘘吹。
追思前者叶盖地,
万木惨惨攒空枝。
寒梅数绽少颜色,
霰雪满眼常相迷。
岂如此花开此日,
绛艳独出凌朝曦。
为怜劲意似松柏,
欲寒更惜长依依。
山榴浅薄岂足比,
五月雾雨空芳霏。

图书在版编目（CIP）数据

献给花的诗 / 艺文类聚编. -- 杭州：浙江人民美术出版社, 2020.3
ISBN 978-7-5340-7887-3

Ⅰ.①献… Ⅱ.①艺… Ⅲ.①古典诗歌—诗集—中国 Ⅳ.①I222

中国版本图书馆CIP数据核字(2020)第005055号

献给花的诗

艺文类聚　编

责任编辑　吕逸尔
美术编辑　王妤驰
责任校对　余雅汝
责任印制　陈柏荣

出版发行　浙江人民美术出版社
　　　　　（杭州市体育场路347号）
网　　址　http://mss.zjcb.com
经　　销　全国各地新华书店
制　　版　浙江新华图文制作有限公司
印　　刷　杭州捷派印务有限公司
版　　次　2020年3月第1版
印　　次　2020年3月第1次印刷
开　　本　787mm×1092mm　1/32
印　　张　7.25
字　　数　80千字
书　　号　ISBN 978-7-5340-7887-3
定　　价　58.00元

如发现印刷装订质量问题，影响阅读，请与出版社市场营销中心联系调换。